Tucholsky   Wagner   Zola   Scott   Sydow   Freud   Schlegel
Turgenev   Wallace   Fonatne   Twain   Walther von der Vogelweide   Fouqué   Friedrich II. von Preußen
Weber   Freiligrath   Frey
Fechner   Fichte   Weiße Rose   von Fallersleben   Kant   Ernst   Frommel
Richthofen
Engels   Fielding   Hölderlin
Fehrs   Faber   Flaubert   Eichendorff   Tacitus   Dumas
Eliasberg   Ebner Eschenbach
Feuerbach   Maximilian I. von Habsburg   Fock   Zweig
Ewald   Eliot   Vergil
Goethe   London
Elisabeth von Österreich
Mendelssohn   Balzac   Shakespeare   Dostojewski   Ganghofer
Lichtenberg   Rathenau   Doyle   Gjellerup
Trackl   Stevenson   Hambruch
Mommsen   Tolstoi   Lenz   Droste-Hülshoff
Thoma   Hanrieder
von Arnim   Hägele   Hauff   Humboldt
Dach   Verne   Hagen
Reuter   Rousseau   Hauptmann   Gautier
Karrillon   Garschin
Defoe   Baudelaire
Damaschke   Hebbel
Descartes   Hegel   Kussmaul   Herder
Wolfram von Eschenbach   Dickens   Schopenhauer   Rilke   George
Bronner   Darwin   Melville   Grimm   Jerome   Bebel   Proust
Campe   Horváth   Aristoteles   Voltaire   Federer
Bismarck   Vigny   Barlach   Herodot
Gengenbach   Heine
Storm   Casanova   Tersteegen   Gilm   Grillparzer   Georgy
Chamberlain   Lessing   Langbein   Gryphius
Brentano   Lafontaine
Strachwitz   Claudius   Schiller   Kralik   Iffland   Sokrates
Katharina II. von Rußland   Bellamy   Schilling
Gerstäcker   Raabe   Gibbon   Tschechow
Löns   Hesse   Hoffmann   Gogol   Wilde   Gleim   Vulpius
Luther   Heym   Hofmannsthal   Morgenstern
Roth   Klee   Hölty   Goedicke
Heyse   Klopstock   Kleist
Luxemburg   Puschkin   Homer   Mörike   Musil
La Roche   Horaz
Machiavelli   Kierkegaard   Kraft   Kraus
Navarra   Aurel   Musset   Moltke
Nestroy   Marie de France   Lamprecht   Kind   Kirchhoff   Hugo
Laotse   Ipsen   Liebknecht
Nietzsche   Nansen   Ringelnatz
Marx   Lassalle   Gorki   Klett   Leibniz
von Ossietzky
May   vom Stein   Lawrence   Irving
Petalozzi   Knigge
Platon   Kafka
Pückler   Michelangelo   Kock
Sachs   Poe   Liebermann
Korolenko
de Sade   Praetorius   Mistral   Zetkin

Der Verlag tredition aus Hamburg veröffentlicht in der Reihe **TREDITION CLASSICS** Werke aus mehr als zwei Jahrtausenden. Diese waren zu einem Großteil vergriffen oder nur noch antiquarisch erhältlich.

Symbolfigur für **TREDITION CLASSICS** ist Johannes Gutenberg (1400 — 1468), der Erfinder des Buchdrucks mit Metalllettern und der Druckerpresse.

Mit der Buchreihe **TREDITION CLASSICS** verfolgt tredition das Ziel, tausende Klassiker der Weltliteratur verschiedener Sprachen wieder als gedruckte Bücher aufzulegen – und das weltweit!

Die Buchreihe dient zur Bewahrung der Literatur und Förderung der Kultur. Sie trägt so dazu bei, dass viele tausend Werke nicht in Vergessenheit geraten.

Sigwalt und Sigridh

Eine nordische Erzählung

Felix Dahn

Impressum

Autor: Felix Dahn
Umschlagkonzept: toepferschumann, Berlin

Verlag: tredition GmbH, Hamburg
ISBN: 978-3-8424-1220-0
Printed in Germany

Felix Dahn

Sigwalt und Sigridh

Eine nordische Erzählung

(frei erfunden)

Vollendet zu Salzburg am 3. August 1898
und
meiner lieben Frau
Therese
zu diesem Tag
unserer silbernen Hochzeit
zugeeignet.

I.

Die Sonne sank blutrot in die See. Die Schlacht war geschlagen am einsamen Fjord Allzuviele Speere hatten die Landwüster geschwungen, die, aus den Drachenschiffen gesprungen, Mord, Brand und Raub in die Gehöfte getragen von Halgaland.

Auf schaumbedecktem Roß hatte ein Bote um Hilfe gerufen bei König Sigwin Weißbart. Der hatte gerade auf seinem Hochsitz in der Halle zu Halga-Björg das Horn erhoben zum Nachttrunk; er setzte es nieder, bevor er's zum Munde geführt. »Zu Roß!« sprach er. »Königshilfe eilt.« Und mit den wenigen Helmen, die er um sich hatte in der Halle, war er den Wikingern entgegengeritten, seine Bauern zu schützen.

Nun lag er speerwund auf zerspelltem Schild; der weiße Sand der Düne ward rot von des alten Mannes Blut. Tot neben ihm lagen fast all' seine Gefolgen: in die Ferne, landeinwärts, – gen Mittag – tobte der Lärm der verfolgenden Sieger hinter den Schlachtflüchtigen her. – –

Die Wellen der beginnenden Ebbe wichen mählich, mählich zurück: immer leiser, leiser, – wie absterbend Leben. Es war nun totenstill auf der Strandheide, darauf vor kurzem der rasselnde Kampf getost.

Der wunde König hatte die Augen geschlossen: nun schlug er sie auf: denn von Niedergang – aus dem nahen Föhrenwald – rauschten zwei Raben dicht über seinem Haupte hin, als wollten sie ihn wecken. Dann bäumten sie auf in der alten, morschen Dünen-Weide.

Der König hob den Kopf und sah gegen Westen. Und nickte stumm. – Er schien ihn zu kennen, den Wanderer, der von daher nahte, langsam herausschreitend aus dem Saum der düstern Bäume. Erwartet schien er ihn zu haben. Denn als der sich schweigend auf den schwarzen Banta-Stein zu seinen Häupten setzte, den Speer über die Schulter gelehnt, die der dunkelblaue Mantel bedeckte, das gewaltige Haupt unter dem Schlapphut zu ihm gebeugt, da sprach der Wunde: »Du hältst mir Wort.«

»Wie du es mir gehalten.«

»Nach unsrem Bund und Vertrag! Sieg und Glück hattest du mir versprochen: und hast sie gewährt all' diese langen Jahre. Dafür sterb' ich jetzt den Bluttod und folge dir nach Walhall, unter deinen Einheriar für dich zu kämpfen.«

»Und Walhalls Wonnen zu teilen. Schau empor! Schon nahen dort im Gewölk auf ihren grauen Rossen die Walküren. – Aber du blickst nicht freudig. Fürchte nicht das Sterben: es schmerzt nicht. Nur das Leben schmerzt: – – zuweilen.«

»Ich fürchte nichts für mich. Aber mein Knabe! Wenige Winter erst zählt er. Einen Spätling gebar ihn mir die Mutter. Und starb. Schutzlos spielt er im Baumanger von Halga-Björg. Meine Gesippen, meine Gefolgen liegen tot. Wer wird ihn schützen?«

»Ich! Sein Pate! Der ihm den Namen gab: – Sigwalt Odinsfreund – schulde ihm Patengabe. So gelob´ ich dir: ich rette ihn jetzt vor allen Feinden. In diesen Mantel geschlagen trag' ich ihn hoch durch die Wolken auf ein fernes Eiland; sicher vor Schaden wächst dort er heran. Zur rechten Zeit kehrt er zurück, sein Erbe zu erstreiten mit sieghaftem Schwert. Alsdann geb' ich ihm zum Schutz einen Schild. Einen lebendigen Schild.«

»Einen lebendigen Schild?« staunte der Wunde. »Ich kann's nicht fassen.«

»Einen lebendigen Schild, der ihn schützt immerdar. Wenn er nicht selbst ihn zerstört.«

»Das wird er nicht.«

»Weißt du das? Selbst die Nornen wußten's nicht, als ich sie fragte. Denn was sie weben, – nicht wissen's die Weber. Auch nicht die Schicksal-Weberinnen! Sie weben, was sie müssen, nicht, was sie wollen. Aber gesorgt wird für das Patenkind so treu der Pate sorgen kann. Du weißt: ›reich lohnt Odin ...‹«

»Treue Freundschaft!« nickte der Held. »Ich danke dir. Sieh, mit letztem Blicke schau' ich dort die Walküre nahn. Ich höre das Schnauben ihres Rosses. Nun wird es Nacht vor meinem Auge ...«

»Bald wirst du wieder strahlend Licht erschaun. Rasch, Helmwine, trag ihn empor!«

II.

Zwanzig Winter waren vergangen.

Der linde Lenz war gelandet auf dem Eiland der Angelsachsen. Auch in den Königsgauen von Kent. Lieblich blaute dort an der Ostküste das Meer um die vorspringenden Landspitzen und kleinen Eilande, kleine rosig behauchte Wolken zogen über den hellen Himmel hin bei lauem Südwest: in Blust und Blüte stand Weißdorn und Rotdorn: um die stark duftenden Dolden flogen emsig die Bienen.

An den feinen weißen Sand des Strandes spülten sanft die Wellen des leise atmenden Meeres: Sehnsucht weckte die sanfte Bewegung, unbestimmte, in die Ferne hin wünschende, hoffende Sehnsucht. Sie flutete auch in den Träumen des Jünglings, der, den Rücken an die steil aufsteigende Dünenwand gelehnt, hinaus schaute in die unabsehbare See, aus der die Morgensonne, die Nebel wie mit goldnen Wurflanzen vor sich niederstrahlend, sieghaft aufstieg wie ein junger Held.

»Soll ich dich freudig grüßen, neuer Tag?« sprach der Träumer leise vor sich hin. »Warum freudig? Ich habe keinen Grund zur Freude. – Oh, das war ein undankbar Wort. Hörten's König Hengist und die Thane und Hallgenossen und – nun, und andere! – mit Recht würden sie dem Unzufriedenen grollen, an dem sie Gutes getan – nur Gutes! – diese zwei Jahrzehnte. – –

Wenn ich's gedenke! Ein zarter Knabe war ich – in einem bäumereichen Anger – nah einem stolzen Königshaus – war ich eingeschlafen auf blumiger Wiese. Wie im Traum war mir, als würd' ich aufgehoben und davongetragen von einem Gewaltigen in faltigem, langwallendem Mantel über Wälder und Felsen und Meereswogen dahin. Als ich erwachte, saß ich in fackelheller Halle auf eines hohen Mannes Schoß: ringsum standen und staunten seine Thane. ›Heil!‹ riefen sie. ›König Hengist! Das war Wodan, deiner Sippe Ahnherr selbst, der urplötzlich hier vor deinem Hochsitz stand: – nicht hatten die scharfen Torhunde angeschlagen! – in Hut und Mantel und dir den schlafenden Knaben auf den Schoß setzte, den

Finger mahnend hob und aus der aufgesprungenen Türe wieder verschwand wie ein dunkelblauer Rauch.‹

›Ja,‹ sprach der gute König. ›Das war Wodan. Und mein Schoß-sohn soll der fremde Knabe sein, da mir meine Königin nur eine Tochter gebar, bevor sie starb. Aber wer mag er sein? Wie mag er heißen? Da, schaut auf der Silberspange an seinem Arm, die Runen: »Sigwalt Odinsfreund! – Reich lohnt Odin treue Freundschaft.« – Aus Norland stammt er: Odin sagen sie dort für Wodan.‹

Da, deutlich zeigt es heute noch die breite Spange. – Und wie ei-nen Sohn wahrlich hat alle Zeit der greise König mich gehalten. Und seine Thane. Und Guntfride, seine Tochter, das viel gute Kind: zur Schwester hat ihre Güte sie mir gemacht. Und Waffen eigne ich, Ringe und Rosse und breite Weizenäcker in drei Shiren: neben dem König sitz' ich in der Halle, manchen Sieg erfocht ich ihm über die schlimm heerenden Wikinger aus Seeland: schon rühmen Harfen-Skalden mein rasches Schwert...!

Und doch!

Unfroh schlägt mir, leer, unausgefüllt das junge Herz in der Brust. Und ein Fremdling bin ich im Lande.

Jüngst sah ich am Ufer des raschen Midway einen stattlichen jun-gen Baum, eine freudige Buche: mit allen Wurzeln hatte die Über-flutung ihn losgerissen von der nährenden Scholle der Heimat und ihn fortgetragen im Braus: nun lag er am Sande: die fröhlichen grü-nen Zweige welkten gelb: er konnte nicht Wurzel fassen in der Fremde: so starb er hin! –

Und so zehrt an mir ein seltsam Weh. Ist's Heimweh? Oft zeigt mir ein Gott im Traum ein fernes Land, mit hohen Eisbergen, mit rauschenden Fjorden – einen Baumanger, darüber ragend ein altes Königshaus – wie ich's in Kindheit-Tagen um mich gesehn – mein Land, mein Vaterhaus! Aber fremde, feindliche Männer schalten darin. Dorthin zieht mich der Seele Drang. Dorthin gehör' ich nach Pflicht und Recht! –

Und auch da drinnen tief in der Brust – da klafft schmerzend eine Leere. Nicht der milde König, nicht die Hallgenossen, nicht das holde Kind füllen sie und stillen das Sehnen. Ach, ein Andres be-gehr' ich so heiß! Allein was? Wen? Wohin zielt dies Sehnen? Alles liegt mir verhüllt: – verschleiert wie die ferne See dort von weißem, flirrendem, wogendem Nebel! – –

Aber halt! Was seh ich? Was taucht auf über jenem Nebeldunst, hoch, hoch ob der Seeflut? In den Lüften des Himmels! Eilend jagt es heran, unhörbar die zergleitenden Wolken zerteilend! Ein eisengrau Roß! Darauf ein Weib! Eine rasche Reiterin! Wie fließt aus dem Helm ihr das goldene Haar! Wie glänzt ihr die Brünne im Sonnenglast! Sie naht! Schon ist sie da! Schon hält vor mir – im Wasser des Strandes – das schnaubende Roß! Wie zauberschön ist sie! Wer bist du, Jungfrau der Wunder?«

Da lachte sie freudig, die herrliche Maid und bog sich zu ihm herab, den Hals dem Rosse klopfend: »Sigridh heiß ich. Siegvaters Tochter rühm' ich mich und seiner Schildjungfrauen jüngste. Heil dir, Sigwalt, mein Gesell! Denn dir zur Gesellin hat mich Siegvater bestellt. Wohl tat er daran: denn du gefällst mir, Sigwalt! Gern werd' ich dir des Sieges walten. Schau dort gen Nordost! Schau scharf! Weichet, ihr Wolken! Siehst du nun? Ein Drachenschiff rauscht heran. Das führt Arn, deines Vaters alter Waffenträger. Er holt dich heim, Herr Jungkönig von Halgaland. Die Zeit ward reif. Der rechte Erbe soll sein Erbe reißen aus böser Nachbarn Gewalt. Wohlauf, zum Kampf, zum Sieg, mein Geselle!« »Oh halt! Halte noch! Nicht wende das Roß! Nicht enteile schon, du Herrliche! Wo – wo – wann schau ich dich wieder?«

Da sprach die Jungfrau ernst, warnend die Rechte hebend: »Nicht wünsche dir das, mein Geselle. Wann je du mich wieder siehst, droht dir Verderben. – – Ich aber werde dich gar oft schauen, aus den Wolken herab, und dieser Schild wird oft dich beschirmen. Du jedoch – wünsche dir nicht, Sigridh wieder zu schauen! Und gelobe zu schweigen von dieser Begegnung.«

»Ich gelob' es – bei deinen wunderbaren Augen.«

Sie nickte lächelnd und schon verschwanden Roß und Reiterin im sonnendurchflimmerten Nebel hoch in den Lüften.

III.

König Hengist im grauen Bart saß auf dem Hochsitz in seiner reichen Halle, um ihn her seine Gefolgen, seine Schildgenossen, ihm zunächst die tapfersten, treusten. Unter ihnen eilten hin und her mit hochgehenkelten Krügen voll Metes und Äles weißarmige Maide. Und nicht verschmähte es ihre Herrin, des Herrschers junge Tochter, aus goldenem Krug den Geehrtesten der Thane die versilberten Hörner zu füllen. So tat sie auch Sigwalt und den drei vor kurzem gelandeten Gästen, die, in voller Rüstung seefährtiger Männer, neben ihm an einer runden Tafel unterhalb der Stufen des Hochstuhls saßen. Zögernd, traurig ruhte dabei der Blick der sanften dunkelbraunen Augen auf dem Jüngling.

Der sah es nicht: ein freudiges, ein strahlendes Lächeln spielte um die halbgeöffneten Lippen, auf denen der blonde Flaumbart sproßte; die blitzenden grauen Augen hingen an dem Mund des Königs, der nun das hohe Wisenthorn zur Seite schob und begann: »Selten schreitet Frau Saelde unbegleitet über der Erden-Männer Schwelle: ein Schatte folgt ihrem Leuchten. So kam auch in diese Halle Freude geschritten, Hand in Hand mit ihrem Zwillingsbruder, Schmerz. Freude *muß* es ja sein jung Sigwalts Freunden, daß ihn eine Zaubertat Wodans .... ich kann es kaum glauben, konnte es nicht ganz verstehn! Berichte genauer, Arn, Arnsteins Sohn! Wohl kannt' ich dich schon vor vielen Wintern als wahrhaft und treu, König Sigwins Schildträger, als wir alle drei noch in braunen Haaren gingen. Darum glaub' ich deinem Wort, auch was nicht glatt zu glauben. Sprich, wie war es doch?«

Der Alte hob sich vom fellbedeckten Sitz zur Rechten Sigwalts, neigte sich dem König und, indem er fast zärtlich die Linke auf des Jünglings Schulter legte, hob er an: »Reichen Dank schulden wir alle dir, wir Männer aus Halgaland, milder König, für alle die Milde, die du unsrem Jungkönig getan hast immerdar: der Dank fliege – wie eine weiße Taube – meinen Worten voraus. Nun hört, was wundersam, aber wahr.

Ihr habt wohl durch fahrende Skalden, auch durch eure Kaufschiffe etwa, die nicht selten in unsre Fjorde einsegeln, reichere Güter als unser rauheres Land eignet, uns zu bringen, – ihr habt wohl vernommen, was bald nach unsres teuren Herrn Fall geschah. Ich und mein Bruder Arnstein hier und mein Neffe Arngrimr, Arngers Sohn, sind die einzigen aus seinen Gefolgen, die ihn überlebten: denn wir weilten damals zu Lethra ans Seeland bei dem Dänenkönig als seine Boten. Als wir heimkehrten, fanden wir herrschend in der Halle zu Halga-Björg Swen, Jarl in Hardaland, einen fernversippten Vetter unsres Königshauses. Der war auf das erste Gerücht von jenem blutigen Tag herbeigeeilt in das verwaiste, das meisterlose, unverteidigte Land: denn die Wikinger waren hurtig wieder abgesegelt, nachdem sie ihren reichen Raub auf die Drachen geschleppt. Swen aber, der Finstere, hätte wohl auch des Königknaben, des echten Erben, nicht geschont, fand er ihn in der leeren Halle! Aber der geplante Mord des Gesippen blieb ihm erspart: denn wie durch Zauber war das Kind entrückt aus dem wohl umhegten Obstanger, in dessen Rasen schlummernd es die Wärterin verlassen.

Jarl Swen griff nach dem entsunkenen Königsstab: seine mitgebrachten Gauleute – die landfremden! – erzwangen seine Wahl. Vergebens eiferten wir drei und unsre Gesippen gegen den Anmaßer: wir forderten, der solle nur als Muntwalt des Königsknaben der Herrschaft einstweilen walten! – Denn wir gaben die Hoffnung nicht auf, den Verschollenen wiederzufinden. Aber der Schwarzlockige lachte: Tot ist der Nestling des alten Adlers! Wünscht nicht, mir ihn lebend zu bringen! Oder vielmehr den, welchen ihr für ihn ausgebt: wenige Atemzüge hätte er dann noch zu leben.‹

Wir aber verzagten nicht: wir vermuteten, die Wikinger hätten ihn gefunden und mit den andern Ergriffenen fortgeführt: freilich sollte er ja schon am Abend verschwunden sein, noch bevor in der Nacht die Räuber die Halle erreichten: allein wir hofften gegen die Hoffnung und unermüdlich zogen wir aus jedes Frühjahr, sobald die Fjorde eisfrei geworden, und forschten und suchten in jener Wikinge Heimat – in Svearike – und sonst an allen Küsten Nordlands, ja auch Sachslands und sogar Francias nach dem Verschwundenen: auch in mancher Hafenstadt eures weltfernen Eilands: alles vergeblich!

Als wir aber wieder einmal heimgekehrt waren aus dem fundlosen Suchen, da empfing uns in allen Hallen, Höfen und Hütten verzweifelndes Klagen über des Gewaltherrn grausam hartes Walten. Von Winter zu Winter trieb er's ärger! Nicht als ein König herrschte er, der doch nur um seines Volkes willen waltet über uns freie Nordleute: nein, sein Wille – laut sprach er's aus in frevler Überhebung! – sein Königswille sollte oberstes Gesetz sein in seinem Reich. Das aber ist unerhört bei allen Nordleuten, so lange sie schreiten auf der Männer-Erde! Und er ließ es nicht bei dem frevlen Wort rechtlosen, maßlosen, ruchlosen, wahnsinnigen Königsstolzes: frevle Taten führten es aus. Wer ihm widersprach, war er noch so tapfer im Heerkeil, – noch so weise im Rat, verbannt ward er aus seinem Angesicht! Gewalt-Druck gegen jeden freien Nacken, der sich nicht beugte seinen Königslaunen, füllte das Land. Da beriefen wir Arninge ein All-Land-Ding nach Halgastein an dem Alf-Fjord, zu beraten über den Jammer des Volkes und wie ihm zu helfen sei. Aber der Gewaltherr erfuhr's: mit seinen Gefolgen, den wilden Gesellen aus Hardaland, und mit vielen geworbenen Söldnern, – Wikingern, Landräubern, üblen Zauber-Finnen, – überfiel er uns, sprengte uns auseinander, mordete, wen er erreichte, vertrieb die übrigen aus der Heimat und wütete nun ohne Widerstand wilder als zuvor!«

Da stöhnte jung Sigwalt, die Hand des Alten abschüttelnd und mit der Rechten an die Stirne schlagend: »Und ich saß hier und trank Schoßvaters Met und ließ mein Volk verderben! Aber Geduld, Halgaland! Dein König kommt!« Und zornig schlug er mit geballter Faust auf den Tisch, daß die Hörner und Becher erklirrten.

»Gut gekreischt, junger Adler!« lächelte der Graubart wohlgefällig, »ja, bald sollst du die Fänge brauchen! – Wir drei und wenige Genossen waren den Mordbuben entkommen. Noch einmal begannen wir die hoffnungslose Suche: – diesmal bis Friesland! Vergeblich! Wir ankerten zuletzt vor einem kleinen friesischen Werder. Traurig lagen wir drei eines Nachts auf Deck der kleinen Fischernaue, auf der wir entflohen waren. Es war ein nebelreicher, düsterer Herbsttag gewesen: aber jetzt drang zuweilen der Vollmond durch zerrissen Gewölk, das vor dem Winde trieb: und dann erglänzte unser Schifflein, Mast und Luvsegel silberhell. Zum Tode betrübt sprach ich da zum Bruder: ›Untragbar Hartes legte Odin uns auf. Weder den Königserben läßt er uns finden noch den Machträuber, den Rechtsbrecher stürzen: mit ansehen müssen wir's, wie unser Volk zertreten wird. Ich mag's nicht länger tragen. Ich binde mir den schweren Drei-Anker dort um den Hals und ...‹ – ›Nicht also, mein Bruder,‹ sprach Arnstein kopfschüttelnd. ›Wohl wollen wir ein Ende machen. Aber nicht hinab zu Ran, in ihr grausiges Netz ...‹ – ›Und dann gar nach Hel,‹ rief mein Neffe, dieser Arngrimr da. ›Nach Hel! Dem ewig freudlosen, wo bleiche Schatten seufzend schweben, noch einmal zu sterben wünschend, um nie mehr zu erwachen. Graunhaft ist Hel! Nein, heraus die Schwerter, alle drei. Keiner soll den Kampf überleben! Und nach dem Bluttod: – auf, nach Walhall!‹ – ›Ja,‹ schloß ich und griff ans Schwert. ›Was frommt's zu leben, da jung Sigwalt tot!‹

›Jung Sigwalt lebt!‹ sprach da eine Stimme hinter uns, vom Strande her, – eine Stimme, deren gleichen ich noch nie gehört: nicht laut: verhalten, aber alldurchdringend. Wir sprangen auf, wir sahen hinter uns: da glitt dicht an unsrem Backbord hin, aus dem Nebel in den Bereich des Vollmonds tauchend, ein winzig kleiner Kahn: an dessen Steuer stand ein Gewaltiger in dunklem Mantel mit breitrandigem Hut. Wir erschraken über dem plötzlichen Auftauchen von Schiff und Mann, die nun dicht Bord an Bord mit uns lagen. Bald aber faßte ich mich und sprach entgegen: ›Der du unhörbar nahst und geheime Zwiesprach erlauschest, wie lautet dein Name?‹

›Nur eines Namens genügte mir nie, seit ich unter die Völker fuhr.‹ – ›Und dies Schifflein?‹ fragte Arngrimr. ›Wie kannst du auf diesem Baumblatt in See gehen?‹ – ›Skidbladnir,‹ lachte der Wirrbart, ›ist der Schiffe bestes.‹ – ›Einen Kaufmann acht' ich dich, einen schlauen Friesen,‹ meinte mißtrauisch der Bruder. – ›Ja,‹ fuhr ich fort, ›der nach Golde gehrt. Aber wähntest du, durch günstige Kunde, durch täuschenden Trost Gold als Botenlohn von uns zu erlisten und Gabe ... ‹ – ›Da irrst du, Freund,‹ lachte traurig mein Neffe, ›leer sind uns Ranzen und Tasche.‹ – ›Alle Lande haben wir durchforscht nach Sigwalt,‹ schloß ich unwillig. ›Nichts fanden wir! Warum sollten wir dir glauben?‹ – ›Nicht glauben sollt ihr: – sehen! Schaut her!‹ sprach der Fremde befehlend. Er reckte den rechten Arm aus dem Mantel vor, bog ihn, stemmte die Faust auf die Hüfte und gebot: ›Seht durch dieses Arm-Bogens Rund. Schaut in die Halle des Königs von Kent.‹

Wir drängten uns vor, dicht heran, die Köpfe dicht aneinander und oh Wunder! Wir sahen ...« – »Nun?« rief mit weitgeöffneten

Augen auf den Erzähler starrend die Königstochter. Aber glühende Röte der Scham übergoß sofort die Wangen der Jungfrau, die in die Rede der Männer geredet. – »Ihn sahen wir, hold Königskind! Und dich! Und König Hengist dort auf jenem Hochsitz und viele dieser Thane hier sitzen an diesen Tischen.« – »Ja,« fuhr der Neffe fort, »und so deutlich und hell zeigte ihn uns der Vollmond wie ihn hier die vielen Fackeln nicht zeigen.« – »Und so ähnlich sah er seinem Vater,« ... unterbrach Arn. – »Und so ganz ähnlich auch dem Knaben in den Tagen, da er verschwand...« – »Daß wir alle drei jubelnd riefen: ›ja, er ist's: erlebt! Heil, König von Halgaland!‹« – »Und als wir nun die Augen endlich von ihm lösten und dem Zaubermann dankend ins Antlitz sehen wollten, ...« – »Da verschwamm der plötzlich in wallendem Nebel ...« – »Dunkel Gewölk zog über den Mond ...« – »Und verschwunden waren Nachen und Mann!«

»Und erkannten wir da alle, wer der Fremdling gewesen.« – »Und erschauernd sanken wir auf die Kniee und riefen: ›Dank dir und Heil, Odin von Asgardh! Du –wahrlich der Wunschgott!‹« – »Und noch in derselben Nacht lenkten wir unser Schifflein nordwärts, landeten alsbald an abgelegener Felsenbucht der lieben Heimat, beriefen die nächsten Gesippen, Nachbarn und andre treue Männer in nächtiger Heimlichkeit, verkündeten ihnen die frohe Kunde und fragten, wer mit uns ausziehen wolle, den Königssohn würdig abzuholen nach Halgaland zum Kampf um sein Erbe?« – »Und meldeten sich da so viele, – denn der Haß gegen den blutigen Eber war noch immer gestiegen! – daß wir gar manche zurückweisen mußten von dem *einen* Drachenschiff, das wir nur aufbringen konnten für so weite und so wichtige Fahrt.« – »Und glücklichen Fahrwind, freudigen Ostnordost, blies uns der Wunsch- und Wind-Gott in die Segel, daß wir in nie erhörter Raschheit diesen Strand erreichten...« – »Und gleich unser« Jungkönig trafen, einsam auf dem Dünensand liegend, voll Sehnsucht, wie er uns sagte, nach der Heimat und hinweg von hier.«

Da traf Sigwalt ein schmerzlicher Blick der sanften braunen Augen. – –

IV.

Allein abermals sah er das nicht, wie er nun aufsprang und, die Rechte zu dem König emporreckend, freudig rief: »Ja! Mich verzehrte ein Sehnen: – ich wußte nicht, nach was? Nach wem? Nun weiß ich's: nach der Heimat, die den Retter, den Rächer ruft. So heisch' ich denn Urlaub, König Hengist, Schoßvater – nein, den Blutvater hast du mir ersetzt. Habe denn Dank, mein Vater, für alle Liebe und Güte! Urlaub heisch' ich für immerdar!«

Da schwebte unhörbar ein Seufzer aus den zuckenden Lippen des Mädchens.

Der alte König aber sprach gar ernst: »Leicht wird dir, kurz machst du das Scheiden – nach so langen Jahren! Doch ist's der Jugend Art: in die Zukunft schaut sie, freudig hoffend, vor-, nicht rückwärts blickt sie auf das Vergangene! Und ich darf nicht schelten, nicht wehren. Dich ruft dein Volk, dich entsendet der waltende Wodan. So zieh hin im Schutze guter Gewalten. Zum Abschied – als letzte Gabe! – geb' ich dir mit mein bestes Orlogschiff und hundert Helme: ich brauche sie nicht zu bannen zu dieser Heerfahrt: ich weiß, viel mehr als hundert werden sich drängen unter deine Fahne: denn aller Herzen – ach aller! – Liebling warft du hier. In wenigen Nächten sind Schiff und Schar gerüstet: dann magst du scheiden – wie du es wünschest! – für immer.«

Des Alten Stimme bebte: er stockte: ein rascher Blick suchte der Tochter Auge: aber diese hielt die dunkeln Wimpern tief gesenkt. »Doch,« schloß er, »vergiß in der Heimat nicht ganz dieses Landes....« – »Zweite Heimat ward es mir!« rief der Jüngling. – »Noch der treuen Herzen, welche dir hier schlagen.« – »Oh mein Vater! Oh Guntfride! Laß dich Schwester nennen! Aber ... wohin – wie – entschwand die Jungfrau so rasch?«

V.

Und nach wenigen Nächten lag das mächtige Königsschiff neben dem kleineren aus Halgaland segelfertig wie dieses. Und auf beiden Decken standen hinter den hohen und dichtgefügten Schildwehren der Flanken die hundert Krieger von Kent und die sechzig aus Halgaland in voller Waffnung.

Von der Königsburg her führte – außer der breiten Königs- und Heer-Straße – nach der Küste herab ein schmaler Pfad durch einen schönen Wald: diesen Weg, ihm allvertraut und lieb, wählte Sigwalt für seinen letzten Gang, nachdem er von dem König und dessen Thanen Abschied genommen hatte und nun die Seinen auf den Schiffen aufsuchte zur Abfahrt. Langsam schritt er: oft blieb er unterwegs stehen, mancher Stunde des frohen Weidwerks gedenkend, auch mancher des Ballspiels mit der Königstochter und deren Maiden, von manch altem Baum Abschied nehmend, wie von altem Freund.

Gerade hatte er sinnend zu einer mächtigen Esche hinaufgeschaut, – ›dem Wodan-Wipfel‹, wie die Krone hieß – und wollte nun fürbaß schreiten: da rauschte es in dein dichten Buschicht von niedrigen Hainbuchen um den Stamm her und eine sanfte Stimme sprach: »Nimm noch was mit!« Und aus dem Dickicht trat des Königskindes zarte Gestalt.

»Guntfride!« rief der Jüngling freudig überrascht. »Das ist gütig, ist freundlich: dies Letzte wie alles zuvor. Umsonst forschte ich nach dir oben im Frau'nsaal, Abschied zu nehmen. Deine Gürtelmaid wußte nicht, wo ...«

»Ich aber wußte, du werdest ihn nochmal grüßen, den Wodanwald. Denn du bist treu in deiner – Freundschaft. Und hier, vor unsern lieben Bäumen, solltest du ein Andenken nehmen an Guntfride.« Sie schlug den lichtgrünen Mantel auseinander und reichte ihm dar ein viereckig Stück blaugrauen Tuches, das war in Gold reich mit Runen benäht und mit Bildern bestickt. Sie hielt es ihm nun, auseinandergespreitet, vor die Augen. Freudig griff er, danach: »Eine Fahne! *Meine* Fahne, wie der alte Arn mich gelehrt. Durch den graublauen Himmel hin schweben Siegvaters Raben. Und sieh, ringsherum der Runenspruch auf meiner Spange: ›Reich lohnt Odin treue Freundschaft.‹ Ich danke dir, liebe Schwester! Wer hat dich all' das gelehrt?«

»Nun: Arn. Und – das Herz. Aber emsig galt es sticken und nähen. Hatte ich doch nur wenige Tage! So nahm ich die Nächte dazu.« – »Deshalb also sah man dich fast nie mehr all' diese Zeit!« – »Wahrscheinlich deshalb,« lächelte sie traurig. – »Möge stets der Sieg in dieser Fahne rauschen ob deinem Haupt!« – Da gedachte Sigwalt der herrlichen Walküre, die ihm das Gleiche gewünscht, – nein, geweissagt. Schon öffnete er die Lippen, ihr davon zu sagen: doch er gedachte, wie er Schweigen gelobt. Und er schwieg.

»Aber nicht nur Siegvater befreunde dich,« fuhr sie fort und sah zur Erde. »Frigga führe dir zu die freudige Frau, dir zu dienen in Demut, dir die Halle, dir all' dein Leben zu schmücken durch Schönheit. Denn solches, dünkt mich, ist Frauen Art und Amt.« – Da gedachte Sigwalt der schönen Walküre, aber auch ihres Warnworts, sie wieder schauen werde sein Verderben. So schüttelte er leise das Haupt. »Guntfridens aber,« schloß sie, »sollst du nur dann gedenken, wann du ihrer bedarfst. Du oder .... die Deinen. Wohl bin ich nur ein Weib: aber viel mag Weibesfreundschaft frommen, ist sie treu. Und ich bin treu.« Schon war sie im Buchen-Dickicht verschwunden. »Guntfride! Habe Dank! Verweile noch.« Aber schon nickten ganz fern die Büsche, durch die sie dahinglitt. Noch einen kurzen Blick warf der Jüngling ihr nach; dann schlug er das Fahnentuch um die Schulter und jauchzend sprang er hügelab hinunter zur Küste.

Nun traten von links her – von der andern Seite des Schmalpfades – aus dem wildverwachsenen Buschicht ein hoher Mann und – in linnenblüten-farbenem Gewand – eine wunderherrliche Frau. Jener sah dem enteilenden Helden, diese der verschwundenen Jungfrau nach.

»Arger Gott!« sprach zuerst die königliche Frau. »Abermals führst du deiner Lieblinge einen zu deinen stolzen Zielen und wenig kümmert's dich dabei, geht der Weg dabei über zuckende Herzen. Mich erbarmt des lieben, stillen Kindes, des pfeilwunden jungen Rehs! Ich will ihr Vergessen in die Seele zaubern.«

Odhin zuckte leise die Achseln: »Tu's, wenn du willst. – Aber wie sprachest du, als ich die gleiche Gunst Hilde gönnen wollte nach Helgis Fall? Wie sprach da die Göttin der echten, weil der treuen Liebe, nicht Freia, die heiße, die wechselfrohe? ›Besser um Liebe leiden, ja um Liebe sterben als ohne Liebe leben.‹ Hast du seither deinen Sinn gewandelt?«

»Du weist, Frigga ist unwandelbar,« sprach die schöne Frau und legte ihre beiden herrlichen Arme auf seine beiden Schultern. »So bleibe ihr der Liebe Leid. Auch das ist Glück. Und vielleicht wird ihr doch noch ein Lohn ihrer Treue.«

»Niemand weiß sinniger Treue zu lohnen, als Frigga, der Treue Göttin selbst,« sprach er und küßte sie auf die Augen.

VI.

Und wäre nun viel davon zu sagen, wie Sigwalt mit seinen beiden Schiffen, vor gutem Winde treibend, gar rasch an die Küste seiner Heimat gelangte, wie sie landeten, wie aus allen Heraden und Fylkir die Männer herbeieilten, auf die Kunde, König Sigwins Sohn sei heimgekehrt, sein Erbe zu nehmen von dem Landräuber und die gequälten Odalbauern und Bonden zu befreien von Druck und Jochzwang. Und wie sein Haufe schnell anwuchs – wie ein Schneeklumpen, der vom Gletscher herabrutscht, – so daß er nach wenigen Nächten den Gewaltherrn aufsuchen konnte in seiner festen Zwingburg, die er sich nahe der alten Königshalle aufgetürmt hatte am Haugar-Fjord, unter harter Fron der Bauern ringsum. Und wie bei dem ersten Sturmlauf jung Sigwalts Adlerhelm der früheste war, der auftauchte oberhalb des äußern Ringwalls, wie der Schwarzkönig von dem höheren inneren Ringwall herab mit beiden Händen einen viel hundert Pfund schweren zackigen Felsstein wohlgezielt auf dessen Helm schleuderte, unvermerkt von dem Jüngling, so daß der alte Arn hinter ihm, ohnmächtig, seinem jungen Herrn zu helfen, laut aufschrie vor Schreck, wie aber der Fels, gerade bevor er die Spitze der Adlerschwingen erreichte, seitwärts absprang, wie von unsichtbarem Schild aufgefangen, zum Staunen von Feind und Freund. Wie dann der Königssohn auch den zweiten Wall erklomm und auf der Krone Swen, der sich grimmig wehrte, mit dem Speere durchstach. Wie dann alles Volk zum Ding gebannt wurde bei der alten Halga-Björg und wie der Sieger, hier von allen Männern zum König von Halgaland gekoren, den Hochsitz seines Vaters in der Halle bestieg. Aber oft kömmt kurze Kunde dem Ohr willkommener als langes Lied und auch wuchtigem Werk genügen oft wenige Worte.

König Sigwalt sandte nun die hundert Kentuwaren, reich bedankt und reich beschenkt für sie selbst, für König Hengist und dessen Tochter nach Hause, und wandte all' seine Sorge dem so lang und schwer bedrückten Volke zu. Er erließ die Schätzung, die der Goldgehrende allen Freimännern und Freihöfen aufgebürdet und spendete reich aus dem Horte, den der Harte habsüchtig hochgehäuft. Und sangen bald die Skalden seiner Taten im Kampf und im Frie-

den Lob in Liedstäben, von denen manche auch in diese Schlichtre-
de einschlüpften.

Allein der junge Herrscher ward gar oft abgerufen aus den mil-
den Werken des Friedens durch neue und alte Feinde. Tostig,
Swens Sohn, den der zum Jarl von Hardaland bestellt hatte, war auf
Raubfahrt fern gewesen in den blauen Meeren von Grêka-Land, als
der Gewaltherr fiel. In die Heimat zurückgekehrt, gelobte er Blutra-
che für den Vater und fiel heerend ein in Halgaland: mächtig und
gefährlich war er durch die Waffen ungezählter Wikinger, die, seine
alten Raubgenossen in gar mancher kühnen Fahrt, dem Jarl gegen
Goldsold und um der Beute willen eifrig halfen: denn Tostig hatte
ihnen geeidet, schonungslos sollten sie morden, brennen, rauben,
Weiber und Kinder fortschleppen, das ganze Land wüsten und
öden dürfen. Das taten sie denn nach Herzensbegehr und desglei-
chen Tostig der Bluträcher und seine grimmen Männer aus Hardaland. So mußte denn König Sigwalt gar oft ausziehen bald zu Land,
bald zur See, seine Bauern zu schützen. Dabei staunten nun wieder
gar mächtig Feind und Freund: nicht nur, daß er niemals sieglos
ward, – treu, wie ein zahmer Edelfalk, sangen die Skalden –
schwebte der Sieg ob dem blaugrauen Banner – stärker noch, daß
der Held unverwundbar schien, wie durch Zauber gefeit. Jauchzend
warf er sich in die Speere, in jede Gefahr: und nicht die Haut ward
ihm geritzt in so vielen, vielen Gefechten. Ohne Gesichtsberge war
sein Helm: offen trug er das Antlitz dem Feind entgegen, in den
dichtesten Keil der Speerwerfer von Hardaland sprang er, in das
Schwirrgewölk der Pfeile der finnischen Bogenschützen, die der Jarl
geworben: jede Spitze, mit dem Saft der Tollkirsche oder dem Gift
der Kupferotter bestrichen, trug den sichern Tod in jeden Ritz der
Haut: – aber hart vor seiner Stirn prallten sie zurück, wie erschrocken vor der grauen Augen zornigem Blitz.

Einmal sprengte er – allzukühn! – den Seinen weit voraus einen
kahlen Steilfels hinan, von dessen Krone die Feinde zu vertreiben.
Sein Schwarzroß strauchelte und fiel auf die Kniee: der Reiter konnte es nicht aufreißen: in der Linken, der Zügelhand, trug er zugleich
den schweren Schaft des Rabenbanners, das er nicht preisgeben
wollte, sowenig wie in der Rechten das Schwert: denn schon waren
die Lanzenträger des Jarls, von oben herabgesprungen in wilden
Sätzen, ganz nahe: lebend hofften sie den hilflosen Reiter im wan-

kenden Sattel zu greifen: – da riß – so schien es – eine unsichtbare Hand den schnaubenden Hengst in die Höhe und nieder zu Boden rannte er in raschem Anlauf die Vordersten.

Ein andermal war Sigwalt, nur von Arngrimr begleitet, zur Nacht ausgefahren in kleinem Boot, die Ankerungen zahlreicher Wikinger aus Dänenland heimlich zu erkunden, die sich vor dem Haugar-Fjord geschart hatten, alsbald ein paar hundert Räuber zu landen und abermals alle Schrecken der Heerung in Sigwalts Königsfrieden zu tragen. Trefflich war die Spähung gelungen: die wenig Vorsichtigen schmausten, zechten und lärmten an Bord: kurz vor Sonnenaufgang wandten die Kühnen das Schifflein gen Norden, ungesehen nach Hause zu kommen mit wichtiger Kundschaft. Aber plötzlich erhob sich – gerade als die Sonnenscheibe über die Meeresfläche gestiegen war und sie weithin erhellte – ein furchtbarer Sturm aus Nordnordost, dem weder Segelkunst noch Ruderkraft gewachsen war: trotz alles Wider-Ringens der vier starken Arme ward das kleine Fahrzeug wie ein schwimmender Strohhalm zurückgeworfen nach Südsüdwest, zurück ganz in die Nähe der feindlichen Drachen. Bald hatte man nun von deren Mastkörben aus die hilflos Treibenden entdeckt, erkannt: und jene hochbordigen, tiefgehenden, steuergehorsam gebauten Orlogschiffe, von hundert Rudern beflügelt, konnten es wagen, dem Sturm entgegenzufahren, – wie oft taten sie das zu eitel Lustbarkeit! – und jene Nußschale abzufangen oder durch das bloße Anfahren umzustürzen. Alsbald sahen die Bedrängten die stolzen Drachen von vorn und von beiden Flanken heranrauschen.

»In die Schären dort, gen Osten, nah zu Land!« gebot der König, der – stehend – das Steuer führte. »Leg dich aus! Zieh so stark du kannst. In jenes Seicht können uns die Tiefgänger nicht folgen sonst zerschellen sie am Geklipp ringsum!« Mit der Kraft der Verzweiflung arbeiteten die beiden Männer, Und wirklich gelang der verwegene Plan: ohne aufzurennen – Arngrimr staunte über des Königs Steuerkunst, aber dieser selbst noch mehr! – schoß der flache Kiel durch einen gefährlich schmalen Spalt mitten in das Gewirr der Basalt-Klippen, die zum Teil aus dem Wasser ragten, zum Teil wie schwarze Seeungetüme hart unter der Oberfläche zu lauern schienen. Und die feindlichen Schiffe vermieden es weislich, den Flüchtlingen hierher zu folgen. Aber, o Schrecken! Sie ließen vor der einzigen Öffnung der kreisförmigen Schären die Anker nieder und hielten jene enge Spalte bewacht, durch die das Bot allein wieder ausfahren konnte.

Die beiden schienen verloren! Verhungern oder sich gefangen geben: – es blieb nichts drittes: sie waren schon gefangen in dem Kessel, in welchem die Brandung, wütend kreiselnd, den weißen Gischtschaum der giftig-hellgrünen Wogen hoch über die Klippen, über die Helme der Männer schleuderte, das kleine Boot fortwährend im Kreise herumwirbelte und so tief mit Wasser füllte, daß es zu sinken drohte: es war ein ohnmächtig Bemühen, diese Wassermengen mit den beiden gewölbten Schilden auszuschöpfen.

»Wir sinken,« sprach der König, das nutzlose Werk aufgebend; »Dank für deine Treue. So greifen sie uns doch nicht lebend.« Und er ließ den Schild auf den Boden des Nachens gleiten.

»Halt!« rief Arngrimr. »Schau dorthin – dort im Westen. Plötzlich! Was fliegt da Weißes, was läßt sich herab hoch aus der Luft?« – »Ein weißer Schwan!« – »Unmöglich! So weit im Meer!« – »Bei solchem Sturm!« – »Da! Zwischen uns und dem Lande schwimmt er.« – »Sieh, er schwebt hoch auf den Wellenkämmen, die müssen ihn tragen. Nach Osten schwimmt er pfeilgerade,« – »Nun muß er zerschellen an jener schwarzen Felswand.« – »Nein! Schau! Da öffnet sich vor ihm ein gähnender Spalt.« – »Den sah ich doch zuvor nicht!« – »Brandung deckte ihn und Schaum,« – »Der Schwan schwimmt darauf los.« – »*Durch* schwimmt er. Er ist verschwunden!« – »Er ist draußen, in der Weitsee!« – »Folgen wir ihm!« – »Wir sind gerettet!«

Und sie ruderten mit allen Kräften auf den neu entdeckten Spalt zu: haarscharf schoß das schmale Schifflein durch die Enge, nicht ohne an beiden Borden scharf angeschrammt zu werden. Aber nun waren sie draußen, ostwärts vor dem Kreise der Klippen und durch deren hohe Wände hier den Blicken der Feinde entzogen.

»Schau! Der Schwan! Er fliegt. Denn der Sturm läßt nach.« – »Er sucht Land! Der kennt sicher den Weg. Er zeigt ihn uns! Folgen wir ihm. An Land!« – »In die Heimat! In die Freiheit!«

Als aber der alte Arn das von dem Schwan vernahm, nickte er bedeutsam mit dem Haupte: »Das war kein Federvieh! Fliegt nicht im Meersturm. Das war eine Schwanenjungfrau, Siegvaters rettende Botin.« – »Du magst wohl Recht haben,« meinte Sigwalt. – »Ach, nur einmal wieder sie schauen!« seufzte er leise und traurig.

VII.

Denn – seltsam zu sagen! – trotz seines durch all' Nordland schnell wachsenden Ruhmes –, trotz aller Siege – auch jene Dänenflotte war in der folgenden Nacht, dank der gelungenen Erspähung, durch Überfall auf kleinen Boten mit Feuer und Schwert vernichtet worden, bevor die Drachen ihre arge Brut hatten an Land werfen können: es war ein großer, stolzer Sieg! – Sigwalt, in der Blüte der Jugendkraft, war nicht fröhlich: traurig war er wieder, wie einst an der Küste von Kent: ja noch viel trauriger. Ein träumerisches Wünschen, ein schmerzliches Sehnen schien geheim an ihm zu zehren. Nicht öfter, nicht länger als die Königspflicht der Wirtlichkeit gebot, weilte er in der Äl-Halle an den Gastabenden: früh suchte er sein Lager, das er mehr, als sonst kraftstrotzende Jugend, zu lieben schien. Sein einsam Lager! Denn vergebens mahnten, ja drängten ihn Arn und die andern Hallgenossen, nun, nachdem seine Herrschaft gefestigt, dem Königshaus die Königin zu geben.

Eines Abends sprach der Alte zu ihm – abseit der andern: »Leer steht der Platz zur Linken neben deinem Hochsitz. Das soll nicht sein. Deiner reichgeschmückten Halle fehlt der schönste Schmuck: die Hall-Herrin. Und wohlgetan wär' es auch, durch Verschwägerung einen der Nachbarkönige eng uns zu verbinden. Keiner sagt dir nein. Und noch weniger eine ihrer Töchter! Nicht Thorgerd von Throndheim, nicht Alfheid von Upsala, nicht Rauthild von Raumariki. Schön sind sie alle drei und reinen Herzens. Oder« – fügte er zögernd, mit prüfendem Blicke, hinzu – »darf ich ein Eilschiff rüsten als Brautschiff, Mast und Rahe bekränzen und, – ein grauer Freiwerber – treten in König Hengists Saal? Sei gewiß: nicht allein komm' ich zurück! Schön Guntfrid ...«

»Ist meine treue Schwester. Und bleibt es. Gute Nacht, Alter. Du meinst es gut. Aber laß mich schlafen, ... träumen!« Und er hob die letzte Hall-Fackel aus der Pfeiler-Öse und ging langsamen Schrittes, leise seufzend, in sein Schlafhaus. Dort angelangt löschte er das Licht, warf sich auf das aus gehäuften Wildfellen hoch geschichtete Lager, schloß die Augen und griff mit beiden Armen in die dunkle leere Luft: »O komm, komm, Schlaf, und bringe den Traum, den holden: zeige mir wieder die schlanke Gestalt, die einzige Sehn-

suchtbeschwichtigerin, das einzige Glück meines Lebens: ach ein
Traumglück! Aber nur dieser Traum ist mein Leben!« Und bald
entschlief er; und ein seliges Lächeln spielte um seine Lippen.

VIII.

Zur gleichen Stunde saßen Odin und Frigga nebeneinander auf dem Doppelhochsitz zu Hlidskialf, Odins Halle, von wannen er alle neun Welten überblicken mag. Und beide schauten durch das flimmernde Mondlicht der Sommernacht in das offne Fenster zum Schlafhause und sahen ihn liegen, den lächelnden Träumer, der im Schlaf weilings abgerissene Worte sprach und mit dem rechten Arm manchmal ausholte, aber nicht gar weit, als wolle er eine nahe Gestalt noch näher an sich ziehn.

Die Göttin hatte den Arm vertraulich auf die linke Schulter des Gatten gelehnt, der, den Speer zwischen den beiden Füßen auf den Boden gestützt, die Spitze über die rechte Schulter gelehnt, sinnend hinabblickte: langsam strichen die Finger seiner Linken durch den wirren Bart. Scharf sah sie auf ihn, wie um hinter der gewaltigen Stirne seine Gedanken zu lesen, aber nicht umsonst hieß er der unergründliche Grübler.

»Arger Gott...« begann sie. Da wandte er ihr voll das Antlitz zu: schön stand ihm das heiter überlegne Lächeln, das die bärtigen Lippen leis öffnete: »Dieser Ansprache hast du mich gewöhnt. Auswendig kann ich sie. Willst du sie nicht künftig weglassen? Sie versteht sich von selbst!« Und ruhig sah er wieder hinab. - »Wie lange noch,« fuhr sie ungeduldig fort, »soll dieses Spiel währen?« - »Es ist kein Spiel. Ich sorge, es wird bittrer Ernst.« - »Seit lange, lange - seit er sie zuerst geschaut! - quält ihn die sehnende Liebe. Und länger noch quält liebendes Sehnen Guntfride, meine sanfte Lieblingin. Der stattliche Held, ihm gebührt die Gattin am Herde, Und soll das nicht mein braun jung Rehlein werden, - warum gibst du ihm - deinem Patsohn, deinem Schützling! - nicht ein ander würdig Gemahl!« Odin lupfte leicht die Schultern, wie er pflag, lehnte er ab. »Bin ich der Gott der Verliebten? Rufe Freia. Die versteht das und tut das. Und wie gern!« lachte er. - »Du entschlüpfest mir nicht!« - »Arger Gott!« lächelte Odin, - »Warum gaukelst du dem Sehnenden so oft - wie gerade jetzt wieder! - im Traum ihr Bildnis vor?« - »Der arme Junge! Solchen Liebesgenuß - außer der Ehe! - selbst deine Gestrengheit mag ihm den doch gönnen!« - »Warum tust du das?« - »Er- er soll ihrer nicht vergessen. Und soll gern in Kampf und Schlacht reiten, weil er weiß, sie ist ihm dann helfend nah.« – »Und weshalb führst du die beiden zusammen mit der Linken und hältst sie auseinander mit der Rechten?« – »Weil...: – viel fragt forschende Frau! Weil die Nornen mir verkündet, ihr Geschick sei eng verbunden. Und um dieser sehnenden Liebe willen werde er den Bluttod sterben. Dann aber kann er eingehn unter die Einheriar nach Walhall, wie vor ihm sein Vater.« – »Nun wohl, so gib ihm Sigridh zum Weibe.« Leicht kopfschüttelnd blies er mit leisem Spott in den Bart: »Puh! Weiter nichts? Meine Walküren sollen nicht Kindlein wiegen. Brauche sie zu besserem Werk!« – »Nicht besser Werk ward dem Weibe.« – »Meinst du? Anders denkt Sigridh, mein kühnherzig Kind. Frage die Frohe.« – Da erhob sich die Göttin vom Sitze, hoheitvoll: ein edles Feuer leuchtete aus ihren großen Augen: »Ich habe sie gefragt.« – »Nun?« meinte Odin sehr ruhig. – »Vielmehr – sie fragte mich.« – »Das wäre!« rief er jetzt, unwillig. – »Ja, grübelnder Ase, Vielkluger, Vielwissender: alles weißt du denn doch nicht.« – »Ach nein! Nicht einmal die Nornen!« – seufzte er. – »Viele Rätsel weißt du zu raten! Doch in der Mädchen Herzen, in der Weiber Seelen ...« – »Oft schaltest du schon,« lächelte er, »der ‚arge Gott' sei darin nur allzuviel erfahren;« er lächelte vergnüglich vor sich hin. – »Spotte nicht! Ich fürchte, diese beiden machen dir den Spott vergehn! – Höre denn. Wenig Freude hab' ich an deiner Wunschmaide wilder, tobender Schar: nicht meine Töchter sind es!« – »Es wären dir wohl zu viele geworden,« flüsterte er lächelnd, aber unhörbar, sie nicht zu kränken. »Ehelos gezeugt sollen sie der Ehe fremd bleiben.« – »Das sollen sie! Höherer Freuden genießen sie.« – »Aber zuweilen durchbricht die echte Weibesart in ihnen deine Pläne. Gedenkst du noch Hildens? Und ist es dir etwa nach Wunsch und zu Freude geraten, daß du durch allerlei Zauber deinen Liebling Brunhild und deinen Enkel Sigurdh getrennt?« – »Schweig mir davon!« grollte er finster. – »So trotzt auch Sigridhens Weibesherz deinem Willen. Längst hatt' ich's erkannt: – du nicht, du großer Ergrübler! – nicht die Walküre, die Liebende in ihr war's und ist's, die so eifrig, so treu ihn beschützte und beschützt, wie nie Walküre getan.« – Ein ungläubiger Blick traf sie von der Seite: »Eia! Nein! So wollte ich nicht. Nur er sollte ...« – »Ja,« lachte die schöne Göttin und warf die dichten weizenblonden Doppelflechten über die Schultern zurück, »so wolltest *du*. Aber so will nicht *sie*! Wisse denn: manche Nacht, wann du ihm ihr Traumbild gezeigt, saß sie selber leibhaftig an seinem Lager.«

Auf sprang der Gott und stieß den Speer auf den Estrich, daß der erdröhnte. »Sie hat es gewagt? Die Walküre! Und du, strenge Göttin, du hast es gewußt und geduldet?« – »Gern! Denn kein Unrecht geschah dabei. Sittig saß sie neben seinem Pfühl, unerreichbar seinem greifenden Arm.« – »Er sah sie ja nicht!« – »Doch! Ich hatte ihm die Augen berührt, daß er sie sah mit geschlossenen Lidern. Ei, seliger machte ihn das als dein Traumgespenst.« – »Und du – Frigga! – hast meine Walküre betört, hast mit ihr zusammen ...« – »Behüte! Sie ahnt nicht, daß ich um ihre Liebe weiß, daß ich sie schweben sah in sein Gemach.« – »Aber warum ...?« – »Weil ich will, – nachdem Guntfrid ausgeschlossen! – daß diese Liebe Ehe wird. Nur Ehe ist echte Liebe.« – »Nimmermehr! Eh' töt' ich ihn: Jungfrau bleibt mir Sigridh und Walküre. Sie *wird*! Sie will's selbst.«

»Glaubst du? – Wohlan, so höre alles. Gestern suchte sie mich in dem stillsten Gemach von Fensal, trat vor mich hin und sprach: – zwar übergoß ihr holde Scham dabei die Wangen, aber fest sah sie mir ins Auge: ›Hilf, Ehegöttin! Nicht Freia ruf' ich an: wir bedürfen ihrer nicht: – Sigwalt, mein' ich, der Held, und ich. Er liebt mich, oft rief er's im Schlaf. Und sein ist mein Herz. Und mein Leben. Hilf, daß wir zusammen kommen am ehelichen Herd. Siegvater hat verwehrt, mich ihm zu zeigen, bis er selbst mich entsendet: sonst droh' ihm Verderben. Das allein hält mich ab: sonst hätt' ich längst dem Verbote getrotzt.‹« – »Verwegene!« – »›Du aber,‹ – fuhr sie fort –, ›die sie die Harte schelten, ich weiß: du schirmst, ja, du bist selbst die wahre Liebe. Dich ruf' ich an. – Du bist nicht meine Mutter: – die Erdenfrau starb, sobald sie mich geboren: – aber als die gütige Mutter aller Weiber ruf' ich dich an: wende Siegvaters Willen.‹« – Unmutig schüttelte der das mächtige Haupt. – »›Oder ersinne – listig, sagt man, ist dein Sinn! – erfinde einen Ausweg aus seinem Verbot.‹« – Da lachte Odin grimmig vor sich hin: »Wird dir schwer werden!« – »Ich *will* nicht erlisten: erweichen, erbitten will ich dich!« Und leise zog sie ihm Haupt und Nacken näher an ihren Busen. – Aber ungestüm riß er sich los und schritt hinaus: »Spare das! Nie! Sie bleibt Walküre.«

IX.

Wenige Tage darauf ging König Sigwalt in den Haugar-Wald zur Jagd: die Bären, die zahlreich in jenen Felshöhlen hausten, rissen gar viele Rinder und Schafe der Bauern auf der Sommerweide: die Dorfhirten wagten sich gar nicht mehr aus den Gehöften mit ihren Herden.

Mehr um der Schutzpflicht willen des Königs als aus Lust am Weidwerk war er ausgezogen: denn wie alle Lust war auch diese aus seiner Seele gewichen, verdrängt von sehnendem Gram, der ihn auch die Gesellung der Freunde meiden ließ: so hatte er auch diesen gefährlichen Gang allein angetreten.

Bald hatte er am frühen Morgen des Brachmonds im tauigen Waldgras und weichen Moos die Doppelspur von Bär und Bärin ermerkt und daneben die flacheren Stapfschritte des Jungen: um diese Zeit, kurz nach dem Wurf, wann der Bär noch bei der Mutter bleibt, wird das – neben dem Saugen – auch schon gewöhnt, Beeren, Honig und Fleisch zu schmecken: in diesen Tagen sind die Viehschäden am stärksten die Tiere am gefräßigsten und bösesten; wohl wußte das der Jäger: drum hatte er außer dem Kurzschwert im Wehrgurt zwei starke Speere mitgenommen, gleich geschickt zu Wurf und Stoß.

Ohne Mühe verfolgte er die Spuren bis zu der Fraßstätte, die nahe der Lagerhöhle zu liegen pflegt: schon sah er in einer Waldblöße die Alten und das wollige, täppische, drollige Junge liegen: sie fraßen alle drei an einem mächtigen jungen Stier, den der Alte draußen auf der Weide gerissen und so weit in den Urwald geschleppt hatte.

Obgleich die beiden Alten ihm den Rücken zeigten, trug doch der Wind ihnen gar bald den Ruch des Menschen zu: beide wandten sich: und sobald der Bär den Jäger eräugte, richtete er sich, grimmig brummend, auf und schritt, die Pranken aneinanderschlagend, daß sie klirrten – ein Zeichen schlimmsten Zorns! – aufrecht auf den Feind zu, während die Mutter bemüht war, das Junge durch Stoßen und Schieben mit dem Kopf von dem leckeren Fraß hinweg, den es winselnd nicht lassen wollte, in das dichteste Gebüsch hineinzudrängen und zu flüchten.

›Tapfer ist Thors Tier und des Todes würdig tapfrer Thane,‹ dieser kentische Weidmannspruch kam Sigwalt zu Sinn, als der Bär gegen den hochgeschwungnen Speer mit der blitzenden Bronzespitze furchtlos heranschritt: auf halbe Speerwurfweite ließ er ihn heranstapfen: das ging ziemlich langsam, während die Schweren, scheinbar Schwerfälligen, auf vier Füßen unglaublich schnell laufen können.

Scharf zielte er nun, den Arm hin- und herwägend: mit Verdruß erkannte er, daß die Herzstelle durch die umgebogne linke Vorderpranke jetzt gedeckt war: so mußte er die rechte Brustseite zum Ziele nehmen: nochmal wog er den Speer: nun flog der und fehlte nicht: der Bär fiel, getroffen, auf die rechte Seite und rührte sich nicht mehr.

An ihm vorbei sprang hurtig der Jäger: denn er wollte die Alte und die Brut nicht entkommen lassen. Und nicht lange wahrlich hatte er nach jener zu suchen: die tapfre Bärin war sofort umgekehrt, sobald sie das Junge in dem für Menschen undurchdringbaren Dorngehege des Unterholzes gesichert sah: sie eilte zurück, dem Gatten im Kampfe zu helfen: wild brummte sie, als sie den regungslos liegen sah und lief den Sieger an, sie wagrecht, ohne sich aufzurichten. Schwerer ist – wie der Weidmann weiß – dem Tier in solcher Stellung beizukommen: denn das Herz ist dann von vorn unerreichbar und hält es im Anlauf den Rachen noch geschlossen, ist es nur im Genick tödlich zu treffen. Wohl erwog das der Jüngling: so sprang er erst, als das Untier schon fast seine Schuhe erreichte, behend zur Seite und bohrte dem Vorbeirennenden die scharfe Spitze des Speers mit aller Kraft tief in das Gefüge, das den Hinterkopf und den Rückenwirbel scheidet und verbindet zugleich.

Die Bärin sank auf allen Vieren zur Erde nieder, tot. Der Sieger beugte sich vor, den Speer aus der Wunde zu ziehen. Da schlug an sein Ohr ein lauter Warnschrei: – hoch aus den Lüften schien er zu kommen: »Sigwalt! Schau um! Der Bär!«

Zu spät! Der Bär, nicht tödlich getroffen, hatte sich auf die vier Füße erhoben und den langen Speerschaft in seinen Rippen mit der furchtbaren Pranke zerbrochen: aufrichten konnte er sich nicht mehr: aber auf allen Vieren war er rasch und unhörbar herangerannt: nun schlug er die beiden Vorderpranken dem Vorgebeugten von hinten in die Hüften: unter dem wuchtigen Schlage fiel Sigwalt auf das Antlitz: er war verloren.

Da horte er das scharfe Sausen eines Wurfspeers: laut auf schrie der Bär, der grimme Halt seiner Tatzen glitt ab, er sank von dem Ergriffenen zurück. Der sprang auf und wandte sich: tot lag das Ungetüm, in dem Genick aber stak ihm – gerade in der tödlichen Stelle – ein Wurfspeer. Vergeblich sah er sich rings in der Runde nach dem Werfer, – seinem Retter – um: niemand und nichts war zu sehen, weit und breit. Nur über den Wipfeln der hohen Tannen über ihm rauschte Bewegung, während sonst nirgends ein Windhauch wehte.

Er zog nun den fremden Wurfspeer aus dem Nacken des toten Tieres: staunend betrachtete er ihn: nie hatte der Waffenkundige dessengleichen gesehen: unbekannt war ihm das Holz des schlanken Schaftes: am oberen Ende waren – zur Beschwingung des Wurfes – links und rechts die Federn des weißen Schwans in zwei goldenen Ösen eingefügt und eine goldene Zwinge hielt die leuchtende Spitze: oberhalb der Zwinge war mit Gold eingelegt die Rune: S (S).

»Sigridh!« jauchzte er da selig. »Ja, auch deine Stimme war's! Nur einmal, ach! Hab' ich sie gehört. Aber unvergeßbar hielt sie mir Ohr fest und Seele. Sigridh, Sigridh, wo bist du?« Sehnsüchtig, laut rief er es in die Lüfte hinauf. Aber alles blieb still: nur das leise Wiehern eines Rosses glaubte er über den Wipfeln zu vernehmen.

Da mahnte ihn brennender Schmerz der Wunde von dem Bärengriff: er hatte ihrer nicht geachtet, sie kaum gefühlt in der Erregung. Nun fiel ihm ein, daß ganz nahe, bei einer Felsenhöhle, in der er oft auf der Jagd geruht, ein schöner Waldquell entsprang! in dessen reinem Naß wollte er das Blut abspülen.

So nahm er neben seinem Wurfspeer den fremden mit: »Komm, Geliebte! hole deinen Speer. Er bleibt mein Pfand, daß ich dich wiedersehe.«

Bald war die Quelle erreicht: wohltätig kühlte das frische Naß die wunde Stelle. Nun lockte der Duft frischgeschnittnen Heues, das die Jäger in der Felswölbung gehäuft hatten, behufs weicherer Rast für den müden Weidmann: er bückte das hohe Haupt mit dem grü-nen Jagdhut unter dem überhängenden Fels des Eingangs der dämmerdunkeln Höhle und streckte sich auf das einladende Lager.

X.

Aber er konnte, er wollte nicht einschlafen! Zärtlich strich er, streichelte er den glatten Schaft des schwanenflügligen Speers: »Hier haben ihre lieben Hände gehaftet! Oh Sigridh! Was alles dank' ich dir, wie oft mein Leben! Wie getreulich schirmend schwebst du mir zu Häupten all' die Zeit, im Kampf und im Traum! Und heute! Heute hast du mich beim Namen gerufen! Und ein sichtbar Zeichen von dir halt' ich in Händen! Dank dir! Heißen Dank! Aber ach, tiefer als der Dank ist das Weh, dies verzehrende Sehnen! Hätt' ich dich doch lieber nie geschaut! Oder war' ich gleich gestorben nach jenem ersten seligen Anblick! Dank? Nein, ich kann dir nicht danken für ein Leben, das ich als Qual dahinschleppe. Oh nur einmal noch dich schauen! Du sagtest, das werde mein Verderben? Oh willkommenes Verderben! Sigridh, Sigridh, höre mich! Komm, komm zu mir! Dann will ich gerne sterben!«

Kaum war der Widerhall der leidenschaftlichen Worte verhallt an den Wänden der Höhle, als von außen her – hoch von oben – eine liebliche Stimme erklang: »Sigwalt! Sigwalt! Ist so dein Wille? Ist das deine Wahl?« – »Ja, ja,« jubelte er, aufspringend. »Dich schauen, dich – einmal! – küssen und dann sterben!« – »Du wirst dies Wort nie bereuen?« – »Niemals! Oh komm!« – »Du willst es ...: dir werde dein Wille. – Komm, Falka, abwärts, mein Roß!«

Wieder ein leises Wiehern – diesmal ganz nahe, vor der Höhle – und in der schmalen Öffnung des Eingangs stand die Walküre.

»Geliebte!« rief er vorspringend und beide Arme gegen sie hebend. – »Geliebter!« erwiderte sie. »Ich bin dein.« Und stürmisch warf sie sich an seine Brust.

XI.

Nun ward es still in der Höhle, geraume Zeit ganz still. Sie schwiegen, die beiden Seligen da drinnen! das höchste Glück ist stumm. – – – Nichts vernahm man als draußen das eintönige, kaum hörbare Geriesel des Waldquells über die glatten Kiesel. Weit weg im Walde klopfte der scheue Schwarzspecht an die Rinden der Eichen; durch den Wacholderstrauch hart an dem Höhleneingang schlüpfte einmal ein Zaunkönig und guckte neugierig hinein mit den klugen Äugelein: er hatte wohl früher hier Halme geholt zum Nest oder nach Heu-Mücken gejagt: aber wie er die beiden da drinnen ruhen sah Brust an Brust, huschte er draußen vorbei mit silberhellem Ruf: er hatte alles verstanden. – Endlich begann Sigridh, das entfesselt flutende Gelock – der Schwanenhelm war ihr längst vom Haupt geglitten – aus dem glühenden Antlitz streichend, sich sanft aus den Armen zu lösen, die sie noch immer nicht lassen wollten.

»Oh bleibe noch! Du darfst mich nicht schon verlassen!« – »Mein Sigwalt, ja, ich bleibe. Ich werde dich *nie* mehr verlassen.« – »Wie? Sigridh, mein Weib ....?« – »Das ward ich. Und das – *nur* das! – bleib' ich. Die Walküre – deine Beschirmerin!« – hier zuckte es wehmütig um die vollen Lippen – »sie ist dahin, für immerdar dahin!« – »Wie? Du hättest ...?« – »Ich habe mich dir gegeben: ich kann nicht mehr Siegvaters Schild .... Schildjungfrau sein.« Schämig barg sie die Augen an seinem Hals. – »Geliebte! Welch Opfer!« – Da hob sie wieder das Haupt und sah ihm selig in die Augen: »Opfer? Die Liebe kennt kein Opfer. Und du? Was hast du hingegeben für diese Stunde? Dich selbst, dein Leben in den sichern Tod! Denn, glaube mir, die Nornen lügen nicht und Siegvater – *mein* Vater! – scherzt nicht. Wehe dir,« – sie erschauderte leise – »entdeckt er alles.« – »Ich fürchte nicht Nornen, nicht Odin. Dich will ich und das Verderben. Sterben um Liebe: – wie selig!« – »Sterben um Liebe – wie selig!« wiederholte sie, ernst mit dem Haupte nickend. »Sieh, als zuerst ich dich sah, dort, an jener fernen Küste, – wie keine Schau vorher entzückte mich dein Bild ...« – »Und ich! Seither ... !« – »Ich weiß,« lächelte sie und küßte ihn auf die Stirne. »Ich weiß alles, was du gelitten in wachen Nachten, in fieberndem Traum. Wie ergriff mich dein Sehnen – ja, es *ergriff* mich: *teilen* mußte ich es. Wie gern hätt' ich dich geweckt in mancher Nacht mit glühendem Kuß und geflüstert: ›Sigridh, nach der du rufst, sie ist da, sie ist dein!‹« – »Warum dann....?« – »Warum ich's nicht tat? Oh Geliebter, nicht aus Stolz: – Weibesstolz zerschmilzt wie Eis in Glut in Weibesliebe. Nicht aus Kälte: – heiß schlug dir mein Herz entgegen! Aus Sorge um dich! Durfte ich – nach kurzer Wonne! – dein Verderben werden? Nach langem Ringen rief ich Frigga an: die Ehegöttin – ach, sie hatte wohl schon viel entdeckt – sie mußte wollen, daß diese Liebe Ehe werde: denn daß sie nicht mehr erlösche – das wußte sie. ›Vollliebe, das ist Ewigkeit,‹ sprach sie ernst mit dem Haupte nickend, als ich stehend ihre Knie umfaßte. Gütevoll – wie eine Mutter – erhob mich die sonst so strenge Frau, wischte mit dem eignen Goldhaar die Tränen von meinen Wangen und sprach: ›Mich freut's, sucht das Weib statt des Kampfs auf der Walstatt den Frieden des Herdes. Getrost, mein Töchterchen! Manches willigt mir Allvater zu, streich' ich ihm bittend das Kinn. Ich will's versuchen.‹ Und sie *hat* es versucht. Ach, umsonst!«

»Grausamer Gott! Wie sagt dagegen doch sein Spangenspruch? ›Reich lohnt....‹« Rasch verhielt sie ihm den Mund: »Schilt nicht Siegvater. Er *will* ja dir und deinem Vater treue Freundschaft lohnen. Ich soll dich schützen, wie er dem Sterbenden versprach, nicht dir nahn: zu deinem Verderben.« – »Ich aber *will* um dich verderben!« – »Als ich das erkannt – unzweifelhaft – aus tiefstem Ernst deiner Seele das vernommen, – da beschloß ich – ach nein! nicht beschließen, wählen! – ich *mußte*, hingerissen, hingezwungen, dir willfahren – zu deinem Verderben!« – »Glück auf zum sel'gen Untergang!« rief er und riß sie ungestüm wieder an seine Brust. »Dank dir, ewig Dank. Diese Stunde ward unser: kein Gott, kein Schicksal kann sie uns mehr rauben. Und trifft mich Odins Zorn zu Tode, – dich, die Tochter, kann er nicht strafen.« Da lächelte sie traurig und sprach: »Wenig weißt du von Walvaters Wut.« Erschrocken sprang er auf: »Und du, die sie kennt, du trotzest ihr? Und du liebst ihn doch, deinen Vater?« – »Mehr als alles – nach dir!« Sie erhob sich nun auch von dem Lager und beide traten vor die Höhle hinaus.

Da stand, mit dem Zügel an eine junge Erle gebunden, ein eisengraues, herrliches Roß; das wieherte freudig der Herrin entgegen, und scharrte mit dem rechten Vorderhuf ungeduldig den Moosgrund, müde des langen Harrens und lustigen, raschen Rennens begehrsam. Sigridh zerdrückte eine Träne in den Augen, unsichtbar für den Geliebten. Aber sie konnte nicht hindern, daß ihre Stimme ein wenig bebte, als sie, den gelösten Zaum dem treuen, klugen Tier auf den Rücken legend und ihm den schlanken Hals klopfend, sprach: »Nein, Falka! Nie mehr wirst du mich tragen in freudigem Ritt hoch durch die Luft, über schimmernde Helme, durch der Wurflanzen graues Gewölk. Nie mehr! Ledig läufst du zurück nach Walhall! Grüße mir Frigga, grüße mir Helmwine, grüße Waltraute und alle die Schwestern. Sag ihnen: ›Sigridh tat wie sie mußte.‹ – Auf und empor!« Sie gab dem Tier einen leichten Schlag auf den Vorderbug: einen staunenden, traurigen Blick warf es noch auf die Reiterin: dann schwang es sich mit mächtigem Satz vom Boden empor schräg in die Luft und war bald den nachschauenden Augen in den Wolken verschwunden.

Nun senkte Sigridh das Haupt und sprach: »Und wohin nun? Der Himmel ist mir verschlossen. Wo hat Sigridh nun Heimat?« Ganz leise, nur zu sich selbst hatte sie gesprochen: aber er hatte es gehört: »Hier,« rief er, »an meinem Herzen. In meiner Halle! Komm, Frau Königin von Halgaland.« Und rasch zog er sie an der Rechten mit sich vorwärts auf dem Weg aus dem Walde nach Halga-Björg.

So sah er nicht, wie sie leise das Haupt schüttelte, hörte nicht, wie sie hauchte: »Nicht Jungfrau, nicht Ehefrau! Nur mein Vater kann mich ja zur Ehe geben! – Aber,« – und hier leuchtete stolze Freude aus den goldbraunen Augen – »*sein* Lieb, *sein* Eigen, *sein* Glück! – Zwar,« schloß sie ernst, »auf wie lange? Rasch reisen Siegvaters Raben, hurtig erkennt Hugin. Und doch: – gesegnet, kurze Seligkeit.«

Und tapfer folgte sie seiner führenden Hand.

XII.

Allein viel länger, als die Kühnen gehofft, ließen sie auf sich warten, Odins Raben und Rache. Sie wußten ja nicht, – auch nicht Sigridh – daß am frühen Morgen des Tages ihrer Vereinigung schlimme Botschaft aus Riesenheim den König der Asen und fast alle seine Scharen abgerufen hatte zu langer, langwieriger Heerfahrt.

Die Feuerriesen hatten vom Südende Midhgardhs, von Muspelheim her, den Erdwall, den die Menschen dort unter Thors Leitung errichtet, in plötzlichem, unaufhaltbarem Einsturz durchbrochen, indem sie – auf Lokis geheimen Rat – nicht wagrecht, von außen, sondern senkrecht, aus der Tiefe aufsteigend, aus feuerspeienden Bergen, Erdspalten und heißen Wasserdampf zischenden Geisern, von unten nach oben, das müheschwere Werk in einer Nacht zerstört hatten. Unhemmbar ergossen sie nun flammende Zerstörung über die Siedelungen der Menschen, die verzweifelnd die Hilfe der Götter anriefen.

Allvater eilte, sie zu bringen. War doch die Lohe so plötzlich und so hoch emporgezüngelt, daß sie sogar Hugins, des schnellen und klugen Raben, linke Schwinge angesengt und der treue Bote, nur mühsam flatternd, mit seiner Schreckenskunde die goldenen Zinnen von Asgardh erreicht hatte. Sofort befahl Odin Heimdall, in das gellende Horn zu stoßen und sobald Frigga ihn vollgewaffnet hatte – obwohl sie mit Kinde ging, ließ sie sich das nicht wehren! – stürmte er auf dem raschen Luftroß dem ganzen Aufgebot der Götter und der Einheriar vorauf gen Mittag: zum Schutz Asgardhs und der Göttinnen hatte er nur Heimdall an der Regenbogenbrücke, dann eine Schar Einheriar zurückgelassen – und die Walküren.

So hatte Sigridh, vor Tagesanbruch enteilt, keine Mahnung zur Heerfahrt erhalten: ihr Fehlen fiel auch später nicht gleich auf: waren doch die Schildmaide, denen einzelner Helden Beschirmung übertragen, gar oft und lang über die Länder und Meere verstreut.

Monde, viele Monde vergingen und die Scharen von Asgardh weilten immer noch fern: nicht zu bemeistern war in der Glut der Sommerhitze der feuerflammende Feind, auch nicht in dem warmen Herbst des Südens: erst während des kalten Winters gelang es allmählich, die Feuerriesen langsam zu bändigen und endlich zurückzudrängen.

Das Fernbleiben Sigridhs – nach geraumer Zeit – blieb Frigga freilich nicht verborgen: sie ahnte deren Tat, erriet deren Aufenthalt. So bestätigte nur, was sie gefürchtet, Gna, ihre rasche Botin, die sie in Schwalbengestalt entsendet hatte nach Halgaland. »Man ehrt sie dort hoch in der Halle,« berichtete die Wohlwollende, »als echte Herrin. ›Frau Königin‹ grüßen sie Hallmänner und Gäste. Freilich,« fügte sie zögernd bei, »nicht Ehegürtel trägt sie, nicht Ehring.« – »Nicht möcht' ich's ihr raten,« grollte die Göttin. – »Sie ist so schön, so rührend in ihrem Glück – in ihrer Zärtlichkeit ...« – »Weh ihr und ihrer freveln Umarmung! Ich kann sie nicht mehr schützen vor ihres Vaters Zorn: sie strafen ist sein Recht: ich greife ihm nicht vor.«

So hatte das Paar geraume Zeit ungestörten Glückes gewonnen. Als aber Odin endlich – nach neun Monden – siegreich heimgekehrt war und der scharfäugige Hugin bei einem Flug über Halgaland hin sofort alles erschaut und seinem Herrn in Asgardh verkündet hatte, da entbrannte der in so furchtbaren Zorn, wie ihn Frigga und die andern Asen nie an ihm gesehen. Nicht rote Lohen des Grimmes, wie sonst wohl, stiegen ihm in Wangen und Stirn, – er erbleichte vor Wut. Wort und Stimme versagten ihm. Stumm hob er den Speer, ihn drohend gen Halgaland schüttelnd, und gewaltig ausschreitend gen Osten, wo Sigwalts Lande lagen. Aber plötzlich blieb er stehen und wandte sich nordwärts.

»Wohin?« rief ihm Frigga von der Schwelle nach, bis wohin sie ihm erbangend gefolgt war.

»Erst zu den Nornen: dann zu – – ihr,« sprach er zurück, an der Türe vorbeischreitend. »Nicht ihm zürne ich: nichts habe ich ihm verboten, nicht er brach meinen Willen. Daß Mannes Heißliebe auch einer Jungfrau nicht schont, – man hat's schon oft erlebt.«

»Du selbst. Man weiß es,« grollte Frigga.

»Aber *sie*, mein Kind, mein *Blut* ...«

Freia im roten Gelock war lauschend in die offne Türe getreten: »Wohl eben deswegen!« wagte sie zu lächeln. Aber erschrocken, verschüchtert entwich sie ins Haus, als er ihr zuherrschte: »Du, ew'ge Verführerin, schweig! – Sigridh! Sie soll's bereuen!« – »Das wird sie nie,« sprach Frigga, »wie ich sie kenne. Wahrlich, vor vielen andern war sie würdig des Ehrings,« schloß sie seufzend.

Als Odin von den Nornen wiederkehrte, war der heiße Zorn kalter Ruhe gewichen; unheimlich ruhig – lächelnd, – sprach er, den gefürchteten Speer an die Hallenwand lehnend: zu Frigga, die Widar, den Knaben, an der Brust hielt, den sie während des Vaters Abwesenheit geboren: »Nun brauche ich nicht mehr ihr die Strafe zu ersinnen. Das Schicksal wird sie strafen an meiner Statt. Und das ist gut. Das Schicksal ist unerbittlich, nicht – wie *du* weißt! – Allvater.«

XIII.

Wenige Nächte darauf ward König Sigwalt von seinem Nordhag her gemeldet, abermals habe Jarl Tostig viele Helme seiner Herade aufgeboten und dänische Seeräuber um Sold geworben, abermals sei er eingefallen in die Nordmark von Halgaland und abermals Heere er furchtbar, mit Brand und Mord, nicht Weiber, nicht Kinder verschonend.

Sofort zog der Landschirmer gegen ihn aus. Hart ward ihm der Abschied von Sigridh: denn einer schweren Stunde sah die entgegen in den nächsten Tagen. Und auch das junge Weib schmiegte immer wieder das blasse Gesicht an seine Schulter und hielt ihn umfaßt mit den Armen. Und er fühlte an seinem Hals ihre Tränen.

»Mußt nicht weinen!« tröstete er. »Unzählige Weiber haben's gesund bestanden und waren dann – bei des Kindes erstem Schrei! – glücklicher als je zuvor. Fürchte dich nicht, Walküre!«

Laut auf schluchzte sie da und schlug die lichten Hände vor die Stirn. »Walküre! Ja, das ist's! Meinst du, Sigridh weint um drohende Weibes-Wehen? O nein! Aber daß ich dich – zum erstenmal! – unbeschirmt muß ausziehen lassen in die schwirrenden Speere, – das ist das Untragbare! Weh uns, wir haben ihn selbst zerbrochen, den Schild, den Odin deinem Vater für dich versprach. Weh, wenn sie mir dich auf vier Speeren in die Halle tragen, wie ich so viele todwunde Männer habe tragen sehn! Oh Siegvater, strafe mich! Aber ihm zürne nicht! Ich – ich warf mich ihm in die Arme. Ich allein heische die Strafe für meine alleinige Schuld!«

Mit den eignen waffenvertrauten Händen waffnete sie ihn sorgfältig vom Helm bis zum Sporn: jede Schutz- und jede Trutz-Waffe prüfte sie genau, bevor sie ihm sie anlegte oder hinreichte. Traurig streichelte sie seinem Rappen Hals und Mähne: »Reich füllt' ich dir mit goldgelbem Weizen zum Abschied die Raufe. Trage mir treulich den Trauten zurück!«

Aber der Hengst ließ den Kopf hängen und sah zur Erde. –

Und von der Zinne der Burg blickte sie den Ausziehenden nach, – es waren alle Hall-Männer, bis auf den Torwart – bis sein ragender

Adlerhelm auch ihrem scharfen Auge nicht mehr sichtbar war. Da brach sie zusammen mit schrillem Schrei. Rasch trugen ihre Frau'n sie aufs Lager.

XIV.

In der zweitfolgenden Nacht – schon begannen die Sterne zu bleichen – pochte es ungestüm an das Tor der Burg. Der greise Torwart tat auf: entsetzt fuhr er zurück: der Schlüssel entfiel ihm: hoch hob er die Kienfackel vor sich hin und klagte: »Hilf Odin! – Herr König – was ist Euch? Bleich wie der Tod – ohne Helm, ohne Schild – von Blut überströmt – Ihr wankt!«

»Schweig! Schließ das Tor! Wirf den Notriegel vor! Wo ist ...?« – »Die Herrin ist eines Knaben genesen. Aber die Frauen sagen ...«

Schon war er enteilt. Schon lag er auf den Knieen an ihrem Schmerzens-Pfühl – neben der Schildwiege –, das blutende Haupt auf ihre Füße gebeugt. – Stumm wies er die Frauen hinaus. Er schwieg. Auch der höchste Schmerz ist stumm. – Aber ein leiser Schrei – ein Kindesschrei – weckte die Mutter: sie schlug die Augen auf: bei dem fahlen Schein einer Wandfackel ersah sie ihn, – ersah alles!

»Oh Geliebter,« hauchte sie, »wir müssen scheiden. Ich sterbe. Und du ...«

»Ich folge dir. Oder gehe dir voraus. Alles verloren! Sieg und Leben! Während ich auf dem Heidestrand Tostig bekämpfte, landeten die Seeräuber in unsrem Rücken. Schon hatten sie meine Fahne errafft. Ich entriß sie ihnen wieder – der Schaft zerspellte – aber da! – um meine Brust wand ich das Tuch: ich will darin verbrannt sein. – Nun fiel mein Hengst, mein Schwert zerbrach, mein Schild zerbarst: – ›Alle auf den König!‹ – ich hörte den Losungsruf, durch meinen Helm schlug ein Enterbeil ...«

»Oh,« stöhnte sie und rang die Hände, »und deine Walküre! Hier lag sie und wand sich in Wehen, ein unnütz Weib!«

»Die Freunde schützten mich Wehrlosen, Wunden mit ihren Leibern. Alle drei fielen sie, Arnstein und Arngrimr und zuletzt, meine Flucht deckend im Engpaß, Arn der Alte. Um sie her liegen all' meine Speergenossen, tot. Ich allein entkam, verfolgt, gejagt, gehetzt von ihren Reitern, zuletzt auf steilem Felssteig mich bergend. Aber bald, bald müssen ihre Gäule wiehern vor unserem männerleeren Haus und ...«

Er wollte sich erheben, aber er sank vornüber: Ohnmacht schloß ihm den Mund. Mit Anstrengung hob die Matte die Hand und strich ihm über das blutige Gelock, das auf ihrem Busen lag.

Und stille ward es nun in dem Gemach: – wie damals dort in der Höhle. – –

Draußen aber, auf der breiten Heerstraße, nahte klirrend und rasselnd die Vorhut der Verfolger, an der Spitze seiner Reiter Jarl Tostig: schon ersah er im steigenden Morgenlicht die Zinnen der Burg.

»Ah, seht die Türme von Halga-Björg!« rief er, sich auf dem Gaule zurückwendend. »Bald sollen sie brennen lichterloh und alles Leben darin und darunter! Und er schwang die Fackel, die er statt des Speeres in der Rechten trug.

»Nein, Hausbrenner! Das sollen sie nicht!« erscholl da eine furchtbare Stimme aus dem dichten Buschwerk zur Rechten der Straße. »Stirb, Landwüster! Aber nicht nach Walhall mit dir. Unblutig fällst du! Hinab in den Eisstrom der Nattern, Weibermörder, Kinderschlächter!« Und Odin trat aus dem Dickicht in die Mitte der Straße in all' seinen strahlenden Waffen, den Schreckenshelm mit den drohend entgegengesträubten Adlerflügeln auf dem Haupt.

Da erschrak das Rotroß des Jarls, bäumte sich in wildem Entsetzen, überschlug sich nach rückwärts und begrub unter sich den Reiter mit gebrochnem Genick.

»Odin über uns! Odin hat uns alle!« schrien die Seinen, warfen die Gäule herum und stoben zurück, in wilder Flucht entschart.

»Nun komm!« sprach der Gott in das Gebüsch hinein in schwerem, schwerem Ton. »Komm, Frigga. Das Ende naht.«

XV.

Alsbald standen die beiden – durch das offne Fenster des Schlafhauses waren sie unvermerkt eingeschwebt – vor dem Lager, auf dem Sigwalt und Sigridh ruhten.

Es war jetzt lichter Morgen: die Sonne hatte hell auf das Pfühl geschienen: Plötzlich schloß sie ein dunkler Schatte aus.

Da erwachte Sigwalt aus seiner Betäubung: »Das ist Odin,« sprach er.

Auch das bleiche Weib schlug die Augen auf: »Und seine Strafe. Ich erwarte sie. Aber das Helle da neben ihm ... das ist ...«

»Frigga,« sprach die Göttin, vortretend. »Unselige! Sprich! Gib acht, wie du jetzt antwortest! bereust du?«

Da lächelte sie: »Ich tät's nochmal.«

Einen bedeutungsvollen Blick warf Frigga auf den Gemahl.

Der aber sagte ruhig, ohne Zorn: »Deine Strafe, verblendet Kind, ist: – ewige Trennung von ihm. – Komm, König Sigwalt, Sigwins Sohn, mein Patkind. Nicht dir zürn' ich. Tapfer und treu stirbst du mir den Bluttod. Bereite dich! Ich rufe Waltraute: sie trägt dich nach Asgardh, zum Vater, mit ihm in Walhalls Wonnen zu wohnen.«

»Und – sie?«

»Das sterblich gewordene Weib, – es sinkt nach Hel.«

Da schloß er beide Arme um die rührende Gestalt: »Und ich mit ihr.«

»Unsinniger! Traurig ist Hel, elend das Leben der bleichen Schatten! Wahrlich, lieber möcht' ich als Pflugknecht des ärmsten Bonden atmen auf der sonnenbeschienenen Erde, denn in Hel den Königsstab schwingen über alle Schatten. Auf! Dein wartet Walhalls Glanz.«

»Sie gab Walhall dahin um ihre Liebe: – wähnst du, Sigwalts Liebe ist schwächer?«

Da verstummte Odin. – –

Aber Frigga sprach, die Hand auf seine Schulter legend: »Das war noch nie!«

Allein der Gott beharrte: »Und dein Vater: – was sag' ich ihm von dir?«

»Sag ihm: ›Dein Sohn gab Liebe um Liebe und Treue hielt er für Treue.‹«

»Ich sage dir – ich sah's! – traurig ist der bleichen Schatten Leben in Hel.«

»*Sie* wird dort leben.«

»Odin,« flüsterte die Göttin, »das ist größer als dein Zorn, stärker als dein Verbot: heb' es auf. Die Walküre ist dir doch verloren. Tu das deiner Würdige: – das Große. Wie lautet es doch: ›reich lohnt Odin ...‹« – Da sprach der Gott: »›Treue Freundschaft.‹ Zwingen nach Walhall kann ich nicht: das ist ein Recht, nicht eine Pflicht.« Nun beugte er sich vor und beider Hände zusammenfügend fuhr er fort: »Ich, meiner Tochter Sigridh Muntwalt, vermähle sie zur Ehefrau König Sigwalt von Halgaland. Auf den Muntschatz verzicht' ich: mit dem Leben hat er ihn bezahlt.«

»Und hier, junge Frau, nimm du diesen Ring: Friggas Ring. Die Weiber in Hel sollen als Eheweib dich begrüßen.«

»Dank, Dank! Aber ... mein Kind ... verwaist... es wird vergehn ...!«

»Sorge nicht! Auch nicht verdursten soll's!« lächelte die Göttin, nahm das kleine Wesen so zärtlich wie nur sie es versteht aus der Schildwiege, öffnete ihr weites Busengewand und legte sein Mündlein an die schwellende, die wunderschöne Brust: sofort begann es gierig, die Göttermilch zu saugen. »Trinke nur,« sprach sie, sich mütterlich herabbeugend, »es bleibt noch genug für Widar. Und wann der Knabe der Muttermilch nicht mehr bedarf, – nach Kent bring' ich ihn behütlich. Dort lebt ein Mädchen....« – »Guntfride!« hauchte Sigwalt. »Sie ist treu. Ja, sie soll ihn aufziehn.« – »Zu einem Helden,« sprach Odin, »wie sein Vater war und sein Ahn. Skiold Odinsenkel soll er heißen und – mit dem Namen ziemt es sich, Gabe zu geben! – sein Ruhm soll ganz Nordland erfüllen. Ihr aber, heiße

Herzen, – ruhet nun.« – »Ja, in Hel,« sprach Sigwalt, »aber ...« –
»Vereint auf immerdar!« lächelte Sigridh. – Da starben beide.

Schweigend standen die Götter eine Weile bei den Toten. – Dann
sprach Odin, der Gattin Hand ergreifend: »Ich danke dir, Frigga. Du
konntest das Schicksal nicht wenden, aber ....« – »Verschönen. Das
ist Frauen-Amt.«

Über tredition

Eigenes Buch veröffentlichen

tredition wurde 2006 in Hamburg gegründet und hat seither mehrere tausend Buchtitel veröffentlicht. Autoren veröffentlichen in wenigen leichten Schritten gedruckte Bücher, e-Books und audio-Books. tredition hat das Ziel, die beste und fairste Veröffentlichungsmöglichkeit für Autoren zu bieten.

tredition wurde mit der Erkenntnis gegründet, dass nur etwa jedes 200. bei Verlagen eingereichte Manuskript veröffentlicht wird. Dabei hat jedes Buch seinen Markt, also seine Leser. tredition sorgt dafür, dass für jedes Buch die Leserschaft auch erreicht wird.

Im einzigartigen Literatur-Netzwerk von tredition bieten zahlreiche Literatur-Partner (das sind Lektoren, Übersetzer, Hörbuchsprecher und Illustratoren) ihre Dienstleistung an, um Manuskripte zu verbessern oder die Vielfalt zu erhöhen. Autoren vereinbaren direkt mit den Literatur-Partnern die Konditionen ihrer Zusammenarbeit und partizipieren gemeinsam am Erfolg des Buches.

Das gesamte Verlagsprogramm von tredition ist bei allen stationären Buchhandlungen und Online-Buchhändlern wie z. B. Amazon erhältlich. e-Books stehen bei den führenden Online-Portalen (z. B. iBookstore von Apple oder Kindle von Amazon) zum Verkauf.

Einfach leicht ein Buch veröffentlichen: **www.tredition.de**

Eigene Buchreihe oder eigenen Verlag gründen

Seit 2009 bietet tredition sein Verlagskonzept auch als sogenanntes "White-Label" an. Das bedeutet, dass andere Unternehmen, Institutionen und Personen risikofrei und unkompliziert selbst zum Herausgeber von Büchern und Buchreihen unter eigener Marke werden können. tredition übernimmt dabei das komplette Herstellungs- und Distributionsrisiko.

Zahlreiche Zeitschriften-, Zeitungs- und Buchverlage, Universitäten, Forschungseinrichtungen u.v.m. nutzen diese Dienstleistung von tredition, um unter eigener Marke ohne Risiko Bücher zu verlegen.

Alle Informationen im Internet: **www.tredition.de/fuer-verlage**

tredition wurde mit mehreren Innovationspreisen ausgezeichnet, u. a. mit dem Webfuture Award und dem Innovationspreis der Buch Digitale.

tredition ist Mitglied im Börsenverein des Deutschen Buchhandels.

Dieses Werk elektronisch lesen

Dieses Werk ist Teil der Gutenberg-DE Edition DVD. Diese enthält das komplette Archiv des Projekt Gutenberg-DE. Die DVD ist im Internet erhältlich auf **http://gutenbergshop.abc.de**